曲線に揺られて

清水かおる

文芸社

曲線に揺られて

帰りの電車の中で、テレビで起きてみようかなと思った。

私は、目覚ましの電子音が嫌いなんじゃないかと思う。

二個も三個も目覚ましをかけて、それでもほっといてそのまま寝ちゃうっていう人もいるけど、私はそれほど朝がだめなほうではない。

ただ、とてつもなく嫌いなんだ。


目覚ましのせわしない電子音がなり始めた二〜三秒後には、もう飛び起きて音を止め、心臓をドキドキさせながら呆然とベッドに座ってる。汗なんかうっすらかきながら。

「私、朝がダメでさぁ……」

なんていうかわいいもんじゃない。

これって恐怖なのかなと思う。何か恐いんだ。


でもテレビの音なら、それほどあわてて飛び起きなきゃならないっていう気もしないんじゃないかと思う。

明日からやってみる。

明日、
会社に行きたくない。
そんなことはいつも思うことだけど、今日は特にそうなんだ。
だからちょっとでも、その憂うつを解消しようとしてるんだ。

会社に女の先輩がいる。

その人が、間違いなく何か怒っている。私のことを。

それがなんでなのか分からない。


「おはようございます」

って言ったのが、聞こえてないはずはなかった。

ほんの一メートルくらいの距離だった。

聞こえてる聞こえてないの前に、まず目を合わせようとしてもらえなかった気がする。

これが気のせいってことがあるんだろうか。

昨日、私が何か悪いことでもしたんだろうか。

分からない。

もしかしたら、あの人、朝のツライ人なのかもしれないんだ。
低血圧だって聞いたことある気がするし、時々体調悪くなって休むこともある。
だから朝とか、あんまり人のこととか目に入ってないかもしれないんだけど……、
でも上司とかにはちゃんと挨拶してるんだ。

そもそも、
なんで私がこんな日記まがいのもの書いてるかって、
別に小さい頃ちょっと血迷った時みたいに、何かの主人公にでもなったつもりとか、そんなんじゃないいんだ。
毎日ちゃんと書こうとも思ってない。

ただ、働き始めて二年目に入って、自分なりにちょっと感じるんだ、
それでもこれが、自分のいい時なのかもしれないって。
せめてこの時、ちょっとくらい何があったかは覚えておこうって。

朝からアンラッキーだった。
電車も満員に近いっていうのに、どうしてか一人だけ、みんなと反対を向いてそこにとど
まろうとする人がいる。そういう人って、ちょっと押されると必ず人をぶしつけな人間の
ような目で見る。満員電車なんだってば。
会社に着いて、掃除をしながら考えた。
もしかしたら、紙コップかもしれない。
給湯室にあるゴミ箱に、紙コップを捨ててたのがいけなかったのかもしれない。

給湯室に、燃えないゴミを分別して、発泡スチロールだけを捨てるゴミ箱がある。

そこにプラスチックの使い捨てコップを捨てるのは、確かにどうか分からない。

ただ、私が会社に入った頃には既にみんなそこに捨てていたので、いいのかなと思って私もそこに捨てていた。

でもこの前、ユリさんがブツブツ言いながらゴミ箱の中のコップを拾い集めて、給湯室の外の燃えるゴミのゴミ箱に捨てているのを見た。

一瞬、目が合った気がした。

もしかしたら、私もコップをそのゴミ箱に捨てているのに気がつき、それに腹を立てているのかもしれない。

そうに違いない。

…………

やっぱり、とりあえず挨拶だよね……。

結局、
ユリさんと顔を合わせることさえできなかった。

ユリさんは向かいの席なんだ。

そのせいで必要以上に下を向いて仕事をしてたら、思いのほかちょっと集中してた。

だから、机の横で何かゴソゴソ音がするのに気がついて、少しびっくりした。

音の主は美奈ちゃんだった。

私が驚いて座ったまま下を見下ろしているのにもかかわらず、まだ目が合わない。本人はしゃがみこんで、自分の膝の上に何やら広げてゴソゴソしている。

やっと上を向いたかと思うと、彼女はただにこっと笑って、

「これあげる」

そう言って小さなお菓子を二つ私の机の上に置いたかと思うと、私の言葉を待つでもなく、

スタスタとどこかへ消えてしまった。
私は目の前で表情一つ変えずに仕事をしているユリさんをちょっと気にしながら、なるべく平静を装い、また仕事を続けた。
美奈ちゃんは私と同期だけど、歳は二つ下なのだ。でも別にそのせいじゃないんだ。とにかく……、
彼女はみんなに宇宙人だと言われている。

……………

まず、間違いなく紙コップのせいなんだ。
そんなことでって思うかもしれないけど、私も最初の頃はそう思ったんだけど、そうなんだ。今なら分かる。

なぜって、以前真剣に仕事をしてるユリさんの視界に入るところに回覧を回したからって、明らかに機嫌が悪くなったことがある。

あと、ユリさんから引き継いだばかりの仕事を、他にやらなきゃならないことがあるから後回しにしていたら、やっぱり機嫌が悪くなって、気がついたらもうユリさんがその仕事をしてしまっていた。

確かに、私もちょっと無神経なとこはあるんだけど、気をつけなきゃとは思うんだけど……。

でも、分からないよ。
急に機嫌悪くなられたって。
その前に何か言ってくれたらいいのに。

……………。

どうしようかな。

今までは機嫌悪いのかなって思ったら、あんまり近寄らないようにしておけば済んだんだけど、最近ユリさんの仕事を引き継ぐことが多くなったから、今はユリさんに聞かなきゃできない仕事が結構ある。

謝っちゃおうかな。

〝紙コップのことごめんなさい〟って。

帰りの電車の乗り換えは、とても疲れる。

往きはずっと階段を降りてくだけだからいいんだけど、帰りは逆に立て続けに登らなければならない。

まず地下鉄のホームから改札に、そして改札を出てから地上に、地上に出たら今度は電車の駅が上にある。しかも改札からホームへはまだ上がらなくてはならない。

ホームにたどり着く頃には、完全に息が切れている。額に汗がにじんでる。

なんでそのうち一つにもエスカレーターがないんだろう。

やっと汗もひいて、息遣いも落ち着いてきた頃電車が来た。

いつもほど混んでなかった。

いつもだったら、こんな吊革の位置まで行けないくらいだから。

前には、どうにも渋い顔したおばさんが目を閉じて座っていた。

白く粉っぽい顔に、口紅の色はきっと昔のままだ。

電車に乗っている人は、たいていこういう表情をする。

高校生以外は。

おじさんとかは特にそうだ。

グレーの背広を着て、その襟に社章をつけて、頬と口の端をまるで糸で引っ張っているように下げてるんだ。

私たちは、大人になるまでは物事を区別することを習うのだけど、大人になってからは、
物事にそう違いはないということを習う。

人それぞれ、それぞれの方法で。
たいていの人は合格点だ。

〝どっちでもいいよ〟

電車の黒くなりかけた窓に、自分が映っている。
その顔の向こうを小さな光が横切った。
飛行機だ。

夜、飛行機に乗ったらきれいだって誰かが言ってた。

私は飛行機が好きだ。

小さい頃飛行機に乗った時、すぐ下にいつもと反対から見る雲の様子が、すごく面白かった。

そしてその合間のどこかに、神様がいるんじゃないかと思った。

白い髭をはやし、頭の上に輪っかのある神様だ。

ちょうどその時神様はお留守だったのか、あるいは私の頭がまだお留守だったのか、神様は、いなかった。

子供の頃の思考回路って、すごいよね。

…………。

別にあの頃は良かったとか、そういうことを言いたいんじゃないんだ。

子供を神聖なものみたいに言うのは大っ嫌いだし。

子供っていうのは、自分のことしか考えてないんだ。
それが彼らの生命力なんだ。

みんな自分の子は可愛いって言うけど、私はあの自分に似たバカな物体を見るのはやだな。

子供の頃の自分の、あまりの分かってなさに愕然とした時、ちゃんと本当のことに目を向けようって思ったんだ。
それは本当だし、今でも変わってないよ。

ただたまに、
やっぱり、どっちでもいいんじゃないかと思うことも、ある。

案外、私の間違いだったりするかもしれない。

何気なく話しかけてみたら、意外といつものとおり話ができるかもしれない。

そう思ってるはずなのに、「ユリさん」の〝ゆ〟の字がでない。

怒ってるんでなきゃ、もうとっくに何か話しかけてきてくれてるはずなんだ。

ユリさんが本当に怒ってるかどうかっていうことよりも、こんなにも私たちが言葉も交わさないでいる状態を、ユリさんが不自然に思ってないはずもないんだ。

結局また何もできないまま、一日が終わった。


……。


来週にでもなったらなんとかなるかもしれない。

お互い、そんな気まずさもまあないことにして、もう一度、一から笑えるかもしれない。

時間がたったということ以外何も解決にはなっていない。

そういうことが鉄則の人間関係もある。

私のいる課は、経理の中でも四人だけの小さな課だ。

他の経理の仕事とあんまり関係ないとこの仕事だから、ごちゃごゃしたオフィスで、ちょっと離れたスペースに追いやられてる。

課長は四十代半ばくらいのおとなしい人で、あんまり喋らない人だ。
だから私も、結婚はしてて、子供もたぶん二人くらいはいるってことくらいしか知らない。

係長は、どうだろう、たぶん三十代前半くらいだと思う。
結婚はしてるけど、子供はまだいないみたい。
いつもちゃんと指輪をしてる。

係長は、課長とはまったく反対の性格で、結構遠慮なくものを言う人だ。
課長のことをちょっとバカにしてる。
時々、そういう発言をする。

そしてユリさん。
わたしより三つ年上だ。

昼休み以外はほとんどこの三人としか顔を合わさない。
だからうまくいってないと、結構つらいんだ。

金曜日の夜はいい。
一番仕事から遠い時だ。大好きだ。誰だって好きだ。
ただ私の場合、寄り道しないでまっすぐ家に帰っちゃうことも、結構あるんだ。
そうして、
夜、一人でお酒を飲む。
前に好きなもの並べて、テレビでも見ながら。
こういうのは、お酒を飲む人の中で圧倒的少数かもしれないけど、必ずいる。

たとえば、真剣に仕事だけやっているように見えるけど、あとから聞いてみると、その日職場で誰かがしていた噂話とかは、ちゃんと聞いているようなタイプの人だよ。

見てないしぐさで、ちゃんと周りを見ることができるんだ。

いい意味にも、悪い意味にも。


でもそういうの、どっちかって言うと今の時代タブーなんだ。

知ってるよ。

でも時代がいくらどんな方向に行ったとしても、変わらないその人の人間性だってあるんだよ。

それこそそれが、いいことでも、悪いことであっても。


まず、ビールをぐっといく。

ちょっとたった頃、くらっとくる。

なんて言うのかな、目の前にちょっと楽しい模様みたいのが見える感じ。

違うかな。

次に、母のつけた梅酒なんか飲むこともある。

とてもいい気分になれる。
なんでもできるような気がする。

酔っぱらってる時の自分は、酔っぱらってる状態の自分がいつもの自分ならいいのにと思ってる。

ふだん、やりたいことをできない人がお酒を飲むって言うけど、違うよ。
ふだんできないことを、それでもやりたいと思える人が、お酒を飲むんだよ。

なんてね。

次の朝、たいていいつも以上に動けなくなってる。

今日は、陽子ちゃんとエッちゃんと買い物に行くことになっている。

二人とも大学時代の友達だ。大学の時は、この二人はお互いに結構仲が良かったみたいだけれど、私はそれほどよく遊んでいたわけでもなかった。

就職して、何かのきっかけでよく遊ぶようになった。

よく覚えてないけれど。

きっと陽子ちゃんは遅れてくる。

そんな予想に反して、着いたら私が一番遅かった。

「ごめんねー」

「宵子！　元気だった？」

「うん、全然もう…………」

「聞いてよ、陽子ったらね、事故ったんだって」

「うそ、大丈夫なの？」

「そうそう、車の中でね、………」

「うんうん！」

「え、何々？」

「ずっと歌うたってるの」

「しかも、ラテン系の何語か分かんないようなやつ」

「そう、そして時々なんか『バキューン！』とか言って、自分でよけてるんだよ、運転しながら」

「最低」

「いいじゃん、面白い人だよ」

「本当にそう思ってる?」

「〜〜〜〜〜」


先週エッちゃんの会社の人とコンパをした。

そのうちの一人にエッちゃんがイカレちゃってる。


「でもさあ、妙にあんたに対してなれなれしくなかった?」

「うんうん」

「え、何が?」

「なんか車のカギとか『もっとけ』とか言ってさあ、別に自分の女でもないのに」

「いくら会社で仲良くしてるほうだからってねえ」

「そうだよね……」

「とか言って、本当はうれしいんでしょ」

「うん」


実はコンパっていうのは名目だけのもので、本当はエッちゃんがかなりイカレちゃってるその彼を、私と陽子ちゃんが見たいがための会合だった。

サッカーしている姿に惚れたのか、それとも作業着のつなぎ姿に惚れたのか、はたまたフォークリフトを運転する姿にイカレちゃったのか、自分でも分からないと言っている。

とにかくイカレちゃったらしい。

「でもねえ、あれは絶対エッコの気持ちに気づいてるよね」
「うん」
「うん、自分でも奴と喋ってると顔が赤くなるのわかるもんね」
「結婚したら、絶対苦労するタイプだよね」
「自分でもそう思うんだけどねえ………」

「宵子、またお風呂行こうよ」

目覚めたら、一〇時半だった。
正確に言えば、今日三回目に目覚めたのが一〇時半だった。

一回目は、どうやら両親が二人そろってどこかへ出かけようと、支度を始めた音で。
二回目は、準備が整って出ていく時のドアの音で。

私は何度でも寝直すことができる。
むしろ、二度目、三度目がないと物足りないくらい。
あのまどろんだ、現実とも夢ともつかない意識が好き。

昼になりかけの日差しの中で、インスタントコーヒーにトーストなんかかじってる。
新聞にさっと目を通して、テレビの音を大きくする。

あとは、ソファに首だけ立てかけて、ブサイクな顔でテレビを見てる。
本当にブサイクだよ、その顔きっと。

そうやって二時間くらいブサイクをやったあと、やっと動き始める。

窓から外を見ると、空に二、三個雲が浮いている。

暑そうだ。

でもいい感じだ。

用事のない休日、私がいつもやっていること。

あんまり人には言ってないんだけど、簡単に言えばドライブなんだ。

小さい頃から、たまに〝変わってる〟って言われた。

たまにっていうのは、いつもじゃないからだ。

たとえば、常によく分からない歌を自ら作詞作曲して周りに歌って聞かせたりするとか、

そういう変わってるではなかったんだ。

ただ時々人に、どうして？　っていう目で見られる。

どうやら私は、興味を持ったりこだわったりするところが、人と違うことがあるみたいなんだ。

たとえばね、私が中学生の頃、クラスメートにちょっと背の低い男の子がいた。

その子があるとき近くの席の子と部活の話をしていた時、私も途中からその話に加わっていたのだけど、またレギュラーに選ばれなかったんだ、とちょっとぼやいた。

その子はバスケ部で、小学校でもいっしょのクラスになったことがあった私は、その子が、けっこう運動神経がいいことは知っていた。

だから、

「どうして？　背が低いから？」

って、聞いたんだ。

一瞬辺りが静かになって、すぐに周りの男の子が、おまえはなんてこと言うんだというようなことを私に言った。

その子は、曖昧な表情を浮かべて笑っていた。

今思えば、確かにすごいことを言ったと思う。

年頃の男の子にとって身長っていうのは、女の子の体重と同じくらいコンプレックスに関わることなのかもしれない。

ただその時の私には、レギュラーに選ばれなかったのは外身の問題で、それはしょうがないことで、本当はその子だってレギュラーに選ばれた子と同じことだけできるんだよねって、それだけの気持ちだったんだ。


…………。


やっぱり、どっかずれてるのかもしれない。

でも何がどうずれているのか、自分では分からない。

ただそれで人にやな思いさせちゃ悪いと思うし、自分でも人から不思議なものを見るような目つきで見られるたびに、なんかばつが悪くて、恥ずかしかった。

今でも、そんな目つきにはどうしても慣れないままだ。

だから、人と同じようにする。

最近では結構普通の人間になってきていると思う。

…………

でもね、いくら人に変な目で見られても、タブーだって分かってても、やっぱり変えられないものはあるんだよ。

車に触らないようにして、鍵を開ける。

ドアを開けた瞬間、強烈な熱気が押し寄せてくる。

すぐにエンジンをかけて、エアコンを全開にする。
安い中古車の匂いがする。うそ、ただ洗車してないだけ。
ハンドルをなんとか触れるようになってきたら、出発する。

いつでも子供が飛び出してきそうな路地を抜けて、ちょっと大きな通りに出る。
情報量が多くて嫌いなんだ。
駐車してる車がある、人が道を横切る、信号がもう変わろうとしている。
ちょっと目をそらしただけでも、もう目の前の状況が変わってる。

でも、それもその交差点を左折するまでのこと。
この道は、街の外へと連れ出してくれる。

踏切を渡って、坂道を登ると同時に、用意していたカセットを入れる。

一人空しくビスケットの　しけってる日々を経て
出会った君が初めての　心さらけ出せる

信号の赤を見てゆっくりとブレーキを踏み、横を見る。
真新しいJAの建物の横に、ぽっかりと穴があいたように、田んぼ。
道路脇に、小さい頃よく遊んだケムシのような草が風に揺れて、そしてはるか向こうには、
なだらかに横たわった、黒い山の曲線。

よく息がつまるって言う。
そんなふうにいつも感じるわけじゃないけど、ただこうしていると、一週間ぶりにやっと、
もう一個の肺の空気を入れ替えることができた気がする。

目覚めてすぐのコウモリが　飛びはじめる夕暮れに
バレないように連れ出すから　カギはあけておいてよ

この道を、私は小さい頃から知ってる。

小さい頃、父親の車の中で、だんだんさびれてうっそうとしていくこの道の行方に、何かドキドキするものを感じていた。

胸が躍るような思いとはまったく違って、ただ、これから自分は不思議なところへ行こうとしている、そういう気がしていた。

だから、自分で免許をとって何年ぶりかでこの道に辿り着いた時は、本当に、今まで忘れてしまっていたその呼吸のしかたを、今やっと思い出したような気がした。

その空気の懐かしさに、自分が今まで窒息寸前だったことに気がついて、何度も立て続けに息をして、吐いて、して、吐いて、何でか分からないけど泣けてきて、泣いて、また息をして、吐いて、泣いて、そして運転してた。

一人で。対向車も気にせずに。

未知のページ　塗りかえられるストーリー　風に向かい
歩き出せ若くて青いクローバー　裸足のままで

だんだんと辺りの緑は量を増し、道の両側を覆い始める。

そのうっそうとした緑から、分け出るようにして看板が、一つ。

〝ベルサイユ〟という名のホテル。私が小さい頃からあった。

小さい頃は、こんなホテルにこんなところまで泊まりに来る客がいるのだろうかと、子供なりにも不思議だった。

やっぱり子供だった。

そしてたぶん、定食屋かなんかだと思う。私にも分からない。

今にも崩れ落ちそうなプレハブの小屋に、〝めし〟って書いてある。

壁づたいに、なんかHな本の自販機みたいのがいくつか並んで、また違う側には、棚に陶器か何かがたくさん並べられている。

工事中の時の黄色いランプが回っているから、やっているんだと思う。

もうすぐ、河が見えてくる。

左側、ガードレール脇の緑の向こう、灰色の縁どりの真ん中に深緑の水の帯として。
その先の信号が本当の始まり。

ここから先、一つの違う時間が始まる。

河と、緑と、空と、そしてこの道を行く車だけがこの空間を埋めるようになる。

他のものはほとんどない、
そういう時間が始まる。
それが、このドライブの本当の目的なんだ。

ガードレールの上から、こぼれ落ちるような蔦。
その下の隙間を埋め尽くすように小さな草花。
時々横に見え隠れする緑の帯の河。
その向こうは、また別の山。

右側にも押し寄せてくる木々。
たくましく、根元では何かが枯れて、また何かが生え始めてる。

そういうの全てが風に揺られて、そのたびに太陽の光を乱反射して、
私に投げかける。
踊っているように見える。私のほうを向いて。
それがあまりにも素敵だ。
素敵だ。

忘れられない小さな痛み　孤独の力で泳ぎきり
かすみの向こうに　すぐに消えそうな白い花

車はただ二本の線に揺られて、緑の中を行く。
その緑は、競いあうように道路に身を乗り出して、車を歓迎してくれる。
もっと前に、もっと上に、やがて上で一つにつながって、完全な緑のトンネルとなって
その世界をつくっている。

二人で絡まって夢からこぼれてもまだ飛べるよ
新しいときめきを　丸ごと盗むまで
ルナルナ

緑のトンネルを抜けると、向こう岸に小さな宿街が見えてくる。

山の上に小さな古い寺がある。
そこを訪れる人のための、ほんの小さな宿場だ。
河沿いに、山の斜面にへばり付くように、古びた宿が数軒。
宿場から橋を渡り合流してくる車が、たまに、数台。

限りある未来を　搾り取る日々から
脱け出そうと誘った　君の目に映る海

河の気ままにできた大きなうねりをいくつか越えて、どこかへ向かう。

一つのうねりは河から遠ざけ、また一つのうねりは河へと近づける。

最も河へと近づいた時、河の続いていく先が見える。

数回うねりを続けた河は、山の際へと消えていく。

くだらない話で　安らげる僕らは
その愚かさこそが　何よりも宝もの

河の向こう岸のこの道と同じ高さのところに、緑がちょっとだけ段になっているところがある。

昔列車が通っていたレールの跡らしい。

どれくらい前まで列車が走っていたのか知らないけれど、今では緑が覆い尽くしている。

トンネルの入口は、まだ黒く開いている。

中がどうなっているのか、ちょっと気になる。


昔あった国の映画で一度見たような道を行く

なまぬるい風に吹かれて

この河の向こうに神様がいる。

たとえば、そう考える。

私たちはそれぞれ一個ずつ、この小さなセルに乗って、その神様のもとへ向かう。

まばらな列をなして。

急がないで、でも止まらないで。

焦げくさい街の光が　ペットボトルで砕け散る
違う命が揺れている
河岸にごつごつした大きな岩が一瞬消えて、柔らかい、丸い小石の広がる滑らかな岸辺。

道路脇、一本枯れ残った木越しに、
空。

雲間からこぼれ落ちてく　神様達が見える
心の糸が切れるほど　強く抱きしめたなら

……………。

本物のコンクリートの短いトンネルをくぐる。
これを越えたら、もう、〝リバーサイド〟
〝ベルサイユ〟と同じようなものだ。
ただ、お客はたぶん道の向こう側から来る。
そして、本当、辛いほど急に視界は開け、こういったことは終る。

いきなりまっすぐ進み始める道は、さっき私が飛び出した街と何も変わらないもう一つの退屈な街の風景に、躊躇なく突き進んでいく。

河は、両側をコンクリートのブロックで敷き詰められて、普通の街の中の河として風景にとけ込む。

これがこの河の上流だ。

確かにそうなんだ。
それだけのことなんだ。
大きな街と、その近くのちょっと大きな街。
この道は、ちょっとだけ近道にもなるかもしれない。
抜道にもなるかもしれない。

……………

どうしようかな。

三回左折して、もとの道を戻ってもいい……。

でも今日は二回右折して、違う道を帰ることにする。

さっき右側に見てたその山の、向こう側を通る道を行く。
この道はさっきの道ほどさびれてなくて、もっと周りに家とかもあるし、車の通りも多い。
でもそんなにうるさくもなくて、それなりに走り心地のいい道だ。

さっきよりも、もうちょっと落ち着いた気分になって運転する。

……。

そう、私は休みの日には、こんなことをしている。

〝こんなこと〟をうまく表現できないから、人に、
「休みに、一人でふらっと出かけたりするんだ」と言う。

聞いた人もきっとよく分かんなくて、
「どこに?」って、不思議な顔をする。

確かにちょっと、変わったことしてると思う。
でもそういう顔、やっぱりだめ。
慣れない。
だから、やっぱり人に言ったりしないんだ。

ただ、さっき言ったように、週に一回の、大切な呼吸みたいなものかもしれない。
ないとやっぱり窒息するんだよ。

別に自然が好きとか、そういうさわやかなののつもりしてるんじゃない。
むしろ環境問題とか自然保護とか、罪なほど無関心なんだ。

でも、この大切な緑を……、とかは絶対言えない。

そういう道徳的なニュアンスが、どうしてか大っ嫌いなんだ。

しばらく行ったら、
右折して山の中に入る。
この道は山を横断して、あの宿場の辺りでさっき通った道と合流する。
ここで右折する車を、私は他に見たことがない。

急に山道ばって細くなった道を、激しく蛇行しながら、登っていく。

道路とその脇の草が、不自然に埃っぽく泥で汚れている。

高くちゃちなグレーのトタン板が、ガードレールすれすれに、あふれそうな黒い山を道路から遮っている。

産業廃棄物。

〝○○クリーン開発〟

こういうのが、道沿いにいくつもある。

立入禁止

汚れたショベルカーが入口で番になってる。

作業する車とすれ違わないのは、私がいつも休日に通るからだ。

ゴミ山のほんのすぐ横で、免れた木々は何もなかったように、今までと同じようにただ太陽の光を反射してる。

もうとっくに終っちゃっているテープを出して、何か別のテープを入れる。

いつも同じのを聴いてる。

だいぶ前のアルバムだけど、このドライブのテーマみたいになっちゃってるんだ。

そうそう流行りの歌ばっか聴いてられないよ、いくら夏だからって。


気のせいじゃない。

ユリさんは確かに怒っている、私のことを。

ユリさんから引き継いだ仕事を今月もそろそろ始める頃だったから、ちょうどいい機会だと思って聞いてみた。
「ここって、これでいいんですよね？」

「うん、そう」

これじゃきっと分からないと思うけど、すごい違うんだよ。
ユリさんの怒ってない時の受け答えを知ってる人が見たら、本当にすぐに分かるんだから。

本当に怒ってるの？
それも、まだ怒ってるの？
あんな紙コップくらいで？

そんな、ちょっと待ってよ……。

なんかこっちがばかばかしくなってきた。

なんで私がこんなに気を遣わなきゃなんないの?

先輩だからちゃんとそれなりには気を遣ってるし、仕事も、そりゃそんなにできるほうじゃないかもしれないけれど、やらなきゃなんないことはやってるよ。

それ以上、私がもっと気を遣わなきゃなんないの?

うまくやってくために?

それはせっかくだけどいいよ。

もういいよ……。

こっちがキレたみたいだ。

もう、なるようになっちゃっていいよ。

それでどうにもならなかったら、もう私が会社辞めちゃったっていいよ。

別に給料がいいわけじゃないし。

どうせ変なゴムのベルトとか、あっちから買ってこっちに売ってるだけの会社だし。


夜、電話がかかってきた。

初め誰か分からなかったけど、すぐに分かった。

この前コンパしたうちの一人からだった。

ケイタイの番号を教えたのは覚えていたけど、まさか二週間もたってからかかってくるとは思わなかった。

「岩田ですけど」

そうだ、確かそういう名前だった。


「覚えてる？」

「覚えてるよ、もうかかってこないと思ってたけど」

今度一緒にゴハンでも食べに行くことになった。

決して好きなタイプではなかった。

何よりも、前髪が。

どうしてそんなに上に上げて、そして下に下ろす必要があるのだろう。

今までだったら一から近寄らなかったタイプだ。

ただなんで電話番号を教えてもいいという気分になったかというと、まあケイタイくらいならっていうのもあるんだけど、それよりも、なぜか笑いのツボがちょっと似ていたからなんだ。

例えば吉本の妙にマニアックな人とか、そういうところをついてくる。

それが不思議だった。

そんな前髪してるのに。


今日はさくらと会った。

待ち合わせの時間に一〇分遅れて、あわてて彼女は現れた。

「ごめんね～」

まるで一時間くらいも待たせたあとのような、ちょっと大袈裟な謝り方。

いつもの彼女の調子だ。

「どうー？　元気だった？　どこ行こうか」

さくらとは幼稚園からの友達で、幼なじみみたいなもの。

でもお互い家が本当に近所ってわけでもなくて、どうして幼稚園の中で特に仲が良くなったのか、よく覚えてない。

ただ、さくらの家にはいつでも、誰でも遊びに行くことができた。

おばさんは働いていてあんまり家にいなかったし、いても別に断られることはなかった。

だから、私もさくらの家に溜まってはマンガを借りて帰るちびっこの一人で、それが何かのきっかけで仲良くもなったのかもしれない。

さくらも、そして同じようにおばさんも、人が自分の家を出入りするのを断らないことを、生活の中の第一目標にしているように見えた。

その頃、さくらのおばさんはまだ二十代前半だった。
普通に想像できる限りの、最も若いお母さんだった。
でも、ちゃんとさくらを一人で育てていた。

「もう、それがさぁ、会社にやな先輩がいてさぁ、お昼その人と二人っきりなんだよね。もうストレスたまってさぁ」

「ストレスで食べちゃうじゃんね、もう太っちゃってさぁ」

確かにちょっと太った。
でもくりっとしたかわいい目は相変わらず。
その目で、さらっと人の悪口を言う。

人形で遊ぶのが好きだった。

かわいい服を着せて、その人形が私だった。

ハンカチはベッドカバーで、筆箱はテーブルで、ビーズは全部宝石だった。

妙にそういうのが好きだった。


結構大きくなるまでやってたんだね、その遊びを。よくさくらのおばさんにあきれられた。

たぶん私が一番しつこく、いつまでも人形遊びにしがみついてたんだと思う。

確かに、さくらのおばさんなら数年後には、さくらを生んでるんだよ。


「うん、やっぱり証券会社だから、みんな気強くて……、大変だよ」


さくらは宗教をやっている。

もともとおばさんがやっていて、それをあまりにも抵抗なくさくらが受け入れているように、私には見える。

以前、頼まれて集会みたいのに行ったことがある。

単に教徒の知り合いの人を集めて話をするというだけのものだったけど、その日はほとんど人がいなかった。

だから多分、さくらが困って私に頼んできたのだと思う。

畳を敷き詰めた広い部屋に、私とあと他に二人、三人。

係の人がスライドを映して、それに合わせて誰かがマイクで解説している。

さくらが横で気を遣って、時々私の顔を見る。


さくらが本当に私を勧誘したいのか、それともただ集会の頭数を増やしたかっただけなのか、こういうところにめっぽう鈍感な私にはよく分からなかったし、あんまり気にもしなかった。

でも、私は宗教には入らないし、さくらはそれでもなんの変化もない。

スライドが終ると部屋は明るくなり、それぞれの係の人も出てきた。

その中で、隅でマイクのコードを片づけている人をさくらが指さした。

「あ、あの人だよ」

「私たちの中学の一つ先輩」

その人はマイクを片づけ終わると、さくらと私の視線に応えるようにこっちに近づいてきた。

「こんばんは」

意志の強そうな目だった。

きゃしゃな感じではない。

髪を後ろで一つに束ねて、格好はTシャツとジーンズ。

でも、野暮ったい感じでもない。

「宵子は高校どこだっけ？　あ、緑高だっけ？　あそっか、じゃあ違うか……、ゆう子さんも頭いいんだよ、旭高行ってたんだよ」

さくらは頭のいいの範囲を一緒にしすぎる。

旭高って言ったら、いわゆる一番頭のいい人が行くとこなんだ。

ゆう子さんは、落ち着いた笑みを浮かべながらなんか次のことを考えていた。

「バレー部？　じゃあホンダリエコとかがいたよね？」

「あ、本田先輩知ってるんですか？」

「あの子、すごい声おっきいよね」

社交辞令から愛想を取って、ほんの少しの本当の興味を加えたような、落ち着いた口調だった。

まっすぐな視線を、ゆっくりと送る人だった。

時々、
ふとここにいる自分に気がついて、今まで自分を朝、起き上がらせ、明日も仕事に行こうとさせていた、その力はいったいなんだったのか思い出そうとしても、どうしても思い出せないことがある。

別に、今この目の前の階段を登る力を、どこから出せばいいのかまったく分からないから、そんなことを考えてるわけじゃない。

昨日少し飲み過ぎたかなとは思うけど、そのことを自分に言い訳してるわけでもない。

私が今してるこういう生活はそれなりに根拠があるって分かってるし、それはそれでいいとも思うのだけど、ただ、こうして息を切らしながら階段を登りきって、英会話のビラなんかを受け取り、そして人の流れにくっついて次の電車に乗り込もうとする、そうしようとさせる力を、私はいつもどうやって出していたんだろう……って。

こんな「人生とは」みたいなこと考えるのは、確かに会社でのユリさんとのことがないでもない。

ユリさんとはまったく喋ってない。

会社で女の先輩を敵に回すのがどんなことか、人一倍臆病で、注意深い私が分かってないわけじゃない。

しかも、私の課にいる唯一の他の女の人なんだ。

どう考えても分からないことがあった時、ユリさんに聞かないでは済まない。

でも、それでもやだ。

私からは話しかけたくない。


ケイタイの音でびっくりして起きた。

陽子ちゃんだった。

「宵子？　ごめんね、寝てた？」

「あ、ううん、いいよ」

「あのさぁ、おフロ行こうって言ってたの、明日だったよね？」

「うん」

「ごめん、明日ちょっとダメになっちゃった」

「あ、うん、じゃあいいよ、また今度で」

「いい？　ごめんね、じゃあまた電話するから……」


陽子ちゃんから約束のぎりぎりでキャンセルの電話がかかってくるのは、別に珍しいことじゃない。

理由は家族が病気だったり、自分が病気だったり、それは本当だったり、嘘だったり。

最初の頃はちょっと面食らったけど、今ではだいぶ慣れてきた。いつものことだと思えば、大したことじゃない。

陽子ちゃんといると面白い。

私にはとてもまねできないようなことを平気でやってのける。

新学期が始まっても大学に二週間出てこなかったり、ノーヘルで原付に乗ってトラックの前で転んでみたり、仕事中暇だったからといってパソコンでゲームをして上司に怒られてみたり。


「大変だったんだよ」

そう言ってても、ちゃんと次会う時にはまた何かやらかしてる。


確かに、頭にくることもある。

もう約束なんかしないでおこうと思う。

でも何日かすると、そんなこともういいかと思って、また陽子ちゃんの突拍子もない話だとか、大きな笑い声とか聞きたくなる。

私は約束を守って、陽子ちゃんは私を楽しませてくれる。
私は陽子ちゃんのしない我慢をするし、陽子ちゃんは私が冒さないリスクを冒す。
それに、本当に大切な約束は、ちゃんと、破ったりしないから。

やっぱりやめておくべきだったかな。
違いすぎる、どう考えても。

あの人は、サーフィンもやると言ってた。

「ごめんね、道が混んでてさ……。車そこに止めてあるから」

楽しくないわけじゃないんだ。
来る途中で洗車してきたっていう何かかっこいい車の助手席で、パスタのおいしい店について話すのも、高速に入ったら券を受け取ってなくさないようにしてるのも。

私達は最近できたテーマパークに行った。

北欧のどこかの国をテーマにしたアミューズメントパークということで、ちょっと話題になっている。

なんでこんなに左折する車がいるんだろう、と思ってたら、それが駐車場へ入ろうとする車の列だった。

仕方なく、引き返してその最後列に並んだ。

やっとのことで中に入ると、やっぱりすごい人だった。

入口でもらった地図を片手に歩いていたら、なんかあっという間に一周してしまいそうだった。

とりあえずその辺の建物に入ってみると、輸入物のチーズを売ってるとこで、いろんな種類のチーズが並んでいた。

でも、「じゃあ、とりあえずこんなチーズでも買ってみようか」って、そんな仲でもない。

すぐにそこも出て、ちょっと歩いてると、前のほうに大きな人だかりが見えてきた。

何かの番組の公開録画みたいで、テレビで見たことのあるタレントがすぐそこで喋っていた。

私達も、ちょっとの間それを見ていた。

……………

「なんか食べよっか」

そう、

これはこれでいいと思う。
でも私には、これだけやってることができないんだ。
奴はたぶん、ずいぶん私に気を遣ってくれた。
あんまり気取りもしないで冗談も言った。
自分の仕事の話を熱っぽく語った。
帰りの道、前の車がトロトロしてたんで舌打ちした。
そのあと、ちょっとハッとしたような顔をした、ような気がした。

帰ってみると、母親がなんか機嫌が悪かった。
ちょっと茶の間の戸を開けて、「おかえり」と言ってこっちを見ただけで、すぐに戸を閉

めた。

いつもだったら他にどうするというわけでもないけど、母親の機嫌の悪い時は声で分かる。

そう言えば、確かに今日は晩ゴハンいらないって言ってなかった。

まずかったとは思うけど、まぁいいや。


確かにいい娘ではない。

でも、そういい親でもない。

そしていい親子関係でもない。


部屋に戻ると、机の上に何か紙がおいてあった。母の字で、

〝澤田さんより電話あり〟

とだけ書かれてあった。


………。

たぶん、ケイタイが通じなかったんで家に電話くれたんだろう。

とりあえず陽子ちゃんのケイタイに電話してみた。

「あ、宵子?」

「ごめんね、遅くに……」

「来週?　うん、いいけど」

来週の火曜日、陽子ちゃんと八時にフロで待ち合わせだ。


起きたら、一一時だった。

しかもボーッとしてたらすぐに一二時になった。

どうしようかな。

毎週あの道に行ってるわけでもない。

週末、二日とも用事のある時もあるし、一日用事があって、一日は外に出ないでごろごろしてる時もある。


四時頃になって、やっぱり行きたくなった。

たまにはこういう時間から出かけることもある。


会社に入った年の夏の終りに車を買って、最初はこわごわ運転してたんだ。

事故する勇気はまったくなくて。


でもちょっとずつ慣れてきて、あの道を見つけて、いろんな所に行きたくなって。

それこそ本当に週末が来るたびに、あの道の向こうの街を越えて、もう一個向こうの街まで行ったり、ちょっと面白そうな道を曲がって知らない山の中に入っていってみたり、あるいは、初めからまったく当てずっぽうで運転してみたりもした。

週末に他の予定なんていらなかった。

名前のついた観光地じゃない。

なぜかいろんな家、特に古い家の様子を見るのが好きだった。

何十年も棲み古された、人がいるのかいないのか分からないような家を見つけるとドキドキした。

トタン板で強引につくられた軒下。

この中で、どんな人が何をしてるんだろう、何十年も、どうやって暮らしてたんだろう。


運転を始めて、初めての春はうれしかった。

秋が行ってしまってからずっと茶色一色だった山が、急にまた緑に揺れ始める。

きっとそんなにいきなりじゃない。春はちょっとずつ始まっていたのだろうけど、私はそれを忘れていた。

春が来るということを、意識するのを忘れていた。

むしろ春とともにやってくる、いろんな出来事に気をとられるので精いっぱいだった。


どんなふうに言っていいのか分からない。

あの、車を買った夏の終りの緑と違うんだろうか。
若葉の色は、確かにちょっとは違うだろう。
それとも光の加減が違うのかな。

車の四角い窓の両隅で、緑を輝かせながら、踊ってるんだ。

とにとかく、
そんな春の陽気にのせられて、
いつまでも、こんなふうに何かがやりたくて、
ギラギラしていたいと思った。

…………。

ちょっと違うんだ、光線が。
この時間だと、いつもの透明な明るさとちょっと違って、微かに色を帯びている。

結構目に見えるくらい。

別にそれが、春のその陽射しと似ているわけじゃない。

なんとなく思い出したんだ。


リバーサイドを通り過ぎて、街が現れる。

今日はもう時間もあんまりないので、この道をまた戻る。


一回左折して、二回左折しても、あの道から私の後ろにいた車がついてきた。

びっくりした。

もう一回左折するのがなんか照れくさいなと思っていたら、先に左折して小さな道に入っていった。


同じ道でも、往きと帰りでは全然風景が違う。

あんまりこの道を帰りに通ることはない。

今日は特に、傾ききった陽射しがおもいっきり前から降りかかる。
まぶしい。

運転を始めた頃、地図を買った。
どこへでも行けるように。
確かに、どこへでも行けるようになった。
でも、どこか分からないところへは、もう行けなくなった。

小さい頃、兄は運転する父の横で地図を広げた。
私はうしろで、母の膝枕に寝入っていた。

ふと目を覚まして窓の外を見ると、知らない草が道路脇に踊っていた。
私はこんなところに来てしまった。
どんな魔法を使ってここに来れたのか、想像するのは自由だった。

何度繰り返し同じところへ行っても、私は同じようにだまされていてよかったんだ。

人は何かを知りたいと思う。何かを見つけたくて探検する。

でも、一度発見したものはもう二度と発見することはできない。

だから、人は遠く遠くに行かなければならない。

より遠く、より大きく、ゴジラより、スーパーゴジラに。

スーパーゴジラより、ウルトラスーパーゴジラに。


地下鉄で毎朝一緒になる高校生の一人が、私に色目を使ってくる。

色の黒いいかつい感じの男の子で、小学生の頃とかやんちゃだっただろうなぁと思わせる。

いつか居眠りしてて、車内のアナウンスでハッとして起きた瞬間、前の席に座ってたその子と目が合った。

妙に挑戦的な目つきだった。

あんまり頭がいいとは思えない。

明らかに、この先のちょっとした進学校に通ってる子だと思うけど。

頭がいいのと分別があるのは、あくまでも別なんだ。

別に、学校で部活動でもやって、同じ部活の子と地道につきあったりするのがいいとか、
そういうことを言いたいわけじゃないんだけど。

とにかく、それ以来こっちもなんとなく意識する。


昼休みは、美奈ちゃんと、もう一人同期の由佳ちゃんと一緒にゴハンを食べてる。

コンビニでお弁当なんか買ってきて、空いてる会議室を占領する。

「今日さぁ、ドラえもんってどうやって書くんだったかなぁって思って、ずっとノートに

書いてたら、部長に見つかっちゃってさぁ………」

「うそ」

「怒られるかなと思ったら、なんにも言わずにただにやっと笑うから、なんかよけい恐くって……」

「そりゃ、今度のボーナスないよきっと。今日査定会議だもん」

「え!? うそ、今日なの!?」

「はは、そりゃ、確定だね」

「うそーっ、やだー、知らなかったぁ」


美奈ちゃんは、いつまでたっても美奈ちゃんだ。

ゴハンも食べ終わって机で暇をつぶしてたら、急に高い笑い声が聞こえたかと思うと、ユリさんと係長が何やら楽しそうに話しながら入ってきた。

「もう、係長、奥さんに怒られますよぉ」

その後二人で小さな笑いを交わして、それぞれの席に着いた。

ユリさんはこっちを見ようともしない。

始業ベルがなって、ただ仕事を始める。


「聞いてよエツコったらね、奴のとこ泊まっちゃったんだよ」

湯船に入るなり、陽子ちゃんが言った。

「うそ」

「本当、本当、なんかねぇ、先週の金曜日に会社で飲み会があったんだって、誰かの送別会かなんか」

「うん」

「それで、その後二次会に行って、残った人達で、誰が誰送ってくとか話してて、エッコは同期の女の子が車で来てたから、乗せてってもらおうと思ってたらしいんだけど」

「うん」

「ちょうど一人でいたときに、奴が寄ってきて、『送ってってやる』って言われたんだって」

「へえ……」


陽子ちゃんちと私のうちのちょうど中間あたりに、スーパー銭湯がある。

小高い丘のてっぺんにあって、露天風呂からはちょっとした夜景が見える。

ここではなんか陽子ちゃんにつられて開放的な気分になって、なんでも大きな声で喋ってる。どこに知ってる人がいるか分かんないんだけど、本当は。


「でも、どうなんだろね」

「何が？」

「だって、別に『つきあって』とか言われたわけじゃないんでしょ？」

「そうそう、そんでなんか次の週会っても、別になにも言わないで、いつもと同じなんだって」

「うーん……」

「それに、エッコが前から言ってたじゃんね、会社の中でいろんな噂聞くって。『あいつは手が早い』とか、『女にだらしがない』とか……」

「言ってたね……、でも、エッちゃんはそれでも好きなわけだよね?」

「うん、それでも信じたいと思ってるみたいだけどね……」


「宵子、コンサートってまだだよね?」

「あ、うん。八月の、うんと…お盆の次の週かな」

「そうだよね」

「うん、チケットはまだ来てないけどね」

「新幹線だっけ?」

「そう、前浜だから掛井で降りて、あとバスだって」

「そうか、野外だもんね、すごい人だろうね」

「うん」

「楽しみだね」

「うん」


陽子ちゃんと、あの人達のコンサートに行くんだ。

車の、あのテープの。


チケットは、あの人達が来るって聞いて私が結構がんばって取ったんだ。

陽子ちゃんに聞いたら、結構好きだから一緒に行ってくれるって言うから。

ちょっと遠いから一緒に行ってくれる人いるかなと思ったんだけど。


「そう、この前ね、岩田君って覚えてる？　あの人と会ったよ」

「えーっ、うそ、あのコンパの人だよね？」

「うん」

「え、何、電話あったの？」

「うん、二週間くらいしてから」

「へえ……、で、どうだった？」

「うーん、やっぱりなんか違うって感じで……」

「で、それから電話ないの？」

「うん、今んとこ」


「陽子ちゃんは？　石原さんとうまくいってる？」

「それがさぁ、聞いてよ、この前さぁ……」

「うん」

「何かの話してて、急に『おまえコンパとか行ってるんじゃないのか』って言い出して…」

「うん！」

「びっくりして、『な、なんで!?』とか、どもっちゃってさぁ……」

石原さんは陽子ちゃんの彼だ。

陽子ちゃんのバイト先で社員として働いていたのがきっかけで、つきあい始めた。

陽子ちゃんより七つも年上で、奔放な陽子ちゃんをかなり寛大に見守っててくれる。

陽子ちゃんがコンパに行ってるのだって、知ってて知らないふりしてくれてるんだよって、
私もエッちゃんも言うんだけど、

「いや、あれは絶対に気づいてない」

と、陽子ちゃんは言い張る。


朝は、ちゃんと早めに起きるんだ。

ただ、素早い動きができないんだ。

今日は特に、テレビに気をとられていたら、いつのまにかもう五分前になってた。

あわてて眉毛を書いて、口紅をぬって出てきた。

自転車を、たぶんすごい顔してこいで、なんとか電車に間に合った。

夏はこういうの、本当は厳禁なんだ。
電車が動き始めて一息着くと、汗が噴き出してくる。
あんまり身動きできないとこをなんとかハンカチで抑えるけど、
もう止まらないんじゃないかと思う。

疲れちゃうよ。

仕事場に近寄ってはいけないデッドゾーンがあるっていうのは、けっこう疲れる。
しかも真ん前に。
時々、ふと顔を上げた瞬間に目が合いそうになって、あわてて逸らして変な表情になることがある。

課長はきっと気づいてる。

係長は、きっと気づいてない。
息がつけるのは昼休みくらいだ。

夜、ケイタイの音がなった。
あんまりならないケイタイだから、結構びっくりする。
あわてて手にとって画面を見ると、岩田君からだった。
……。
迷ったけど、なんか、出られなかった。

―――

コンビニに寄って、小さなワインを買って帰った。
金曜の夜だから。

また、一週間たっちゃったんだ。

働いてると、生活のリズムが週末中心になる。
五日間ほとんど同じようなリズムで過ごして、週末の二日間、ちょっと特別に過ごす。

タン、タタンと、小刻みなリズムが続いてる。

コンビニから出て空を見ると、中途半端な形をした月が、空のはじっこのほうにどんよりとのたばっていた。

でもとりあえず見ていた。
夜外を歩くと、何かしら空を見る。

金曜日の夜っていうのは、案外いいテレビがやってない。

まだ七時や八時のうちはその辺のバラエティでも笑ってられるけど、一〇時にもなると、ちょっとくらい酔っぱらってても、気の合わないドラマとかよりは、まだニュースとかのほうがましだ。


ダイオキシンが、オオすぎます。

そうナンです。


…………。


もういいや。

チャンネルを適当に入れ替えてると、なんか見たことのあるようなないような映画がやっていた。

ちょうど主人公が悪者から車で逃げてる最中らしい。

助手席には、金髪の美女。

最後はきっと、キスして終る。


なんかこういうの、もう見飽きた気もするけど、これはこれでいいんだ。

〝感動の名作〟なんておこがましい肩書きを背負った映画よりは、よっぽど鼻につかない。


だってそうだよ。

この映画を「くだらない」って言ったって、誰も間違ってるのはあなただなんていう、変なレッテルを張りつける方向には絶対行かない。


〝感動の名作〟は違うんだ。

これをよくないって言うなんて、こういうふうに思わないなんて、あなたは……。

そういう、見えないプレッシャーをぷんぷんさせてる映画を見ると頭にくる。

本当に、自分でも何に対してそんなに頭にきてるのか、よく分からないけど。

『オネアミスの翼』っていう映画がある。

だいぶ前、私が小学生の時の映画だ。

なんか宇宙もんの面白そうなアニメがやってる、っていうことで、なんの気なしに友達と見に行った。

子供って、そういうのに弱いんだ。


想定は、今とちょっとだけ違う世界の地球。

やっぱり戦争とかやってて、宇宙へはまだ無人の人工衛星がやっと。

そこへ主人公が初めての宇宙飛行士として、宇宙へ飛び出す。

それだけの物語なんだ。


あんまり子供向けの映画じゃなかった。

ちょっとね、退屈してたんだ、その時は。


でも最後の、主人公が宇宙船で飛ぶシーン、それがけっこう印象的だった。

なんかね、出てくる人みんな、冴えないんだよ。
でもとにかく生きてて、それなりに何かを信じてて、
やっぱり、何かのために生きてるんだよ。

何年後かに、新聞の隅の隅に〝王立宇宙軍〟の文字を見つけたときは、どうしてか見逃さなかった。

「原始に戻れ？　道は一本きりじゃないか」

恐い夢を見た。
いつもと同じ道のはずなのに、迷った。
たぶんこっちだろうと思って行ってみたら違った。
でもこっちに違いないと思って、どうにか行こうとするんだけど、どうしても知った道に出ることができない。

早く行かないと遅刻する。

どうして夢の中の私は、落ち着いて考えるってことをしないんだろう。


一〇時過ぎだった。

どうも、自分が今まで寝ていたってことに納得がいかない気分のまま、起き上がって茶の間に行った。

父がテレビを見てたので、新聞だけ持って部屋に戻った。

母は洗濯物を干していた。


喉が渇く。

明らかに昨日、ちょっと飲み過ぎたようだった。

体がだるい、頭が痛い、動く気がしない。

でも、簡単にパンとコーヒーで一息つくと、やっぱり行ってこようかなと思う。

あんまり良い天気ではないけど、両親は今日はどこへも出かけないようだし。

雲が空を七〇％ほど占めている。
でもやっぱり暑い。
アルコールが、まさか目にもまだ残っているのか、コンタクトがいつもよりゴロつく気がする。

カセットを入れて、
いつもの交差点を左折すると、前に大きなトラックが踏切を渡る順番を待っていた。
アンラッキーだ。
こういう大きい車の後ろを走るのは、あんまり心地いいもんじゃない。
前が見えないんだ。

そんな私の思いが通じたみたいに、トラックは高速脇の小さな道に入っていった。
一気に前がひらけた。

…………

しばらくして前の車が、急にウィンカーを出して左に曲がった。
道じゃなくって、入口だ。
玉野学園。
更生施設だ。

両親がもともとこの辺の人間じゃないということもあって、私は妙に地元のことに弱くて、
ここを私立の高校かなんかかとずっと思ってた。
でもちょっと前地元のニュースで、教師の暴力が問題にされていたのを見て初めてそれを
知ったんだ。

緑の中から突然、矢印と入口が現れる。
〝←玉野学園〟
入口から、まだ建物は見えない。

この辺には他にも、突然矢印が現れ、入口が開かれているところがいくつかある。

消防学校、老人ホーム、精神病院……。

この辺に住んでる友達がいる。精神病院のすぐ近くらしい。

友達は涼しい顔して言うんだ。

「たまに患者が抜け出して、その辺うろうろしてるよ。すぐ連れ戻されてるけどね」

…………

河が現れ、緑も深くなってくる。

珍しく、工事中の標識、アルバイトの誘導員が白い旗を振って片側通行を促してる。

そう、この道も少しずつは変わってきている。

最近もあのめし屋のちょっと向こうに、黄色いアメリカ風の家が建った。

この田舎臭い、湿っぽい風景の中には、めし屋じゃなくその黄色い家のほうが明らかに浮いて見える。
私は勝手にめし屋のくだらない人生をじゃまされたような気がして、腹が立った。

…………

ふいに、右側の小さな道から大きなダンプカーが現れた。
ダンプカーは、ちょっとのすきを見て私の前に入ってきた。

げんなりだ。
次の交差点で曲がらなければ、たぶんこの道をずっと一緒にドライブだ。
なんかついてないんだ、今日は。

そしてベルサイユを越えて、交差点をまっすぐに、一緒の方向へ。
土砂を運んでいるらしい。車体も泥で汚れている。

…………

そう言えばいつか、この河にもトラックが降りていったことがあった。

工事中の標識を出して、河原へ数台ずつ降りていった。

なんだろうと思いながら通り過ぎたけど、次第にそれが河原を整備しているところだと分かった。

この河にコンクリートのブロックを敷き詰めて、河原に道をつくろうとしている！

私はなぜか妙に腹が立ってきて、勝手に怒って、また勝手に泣いた。

私のこの感傷とたわごとだらけの人生をじゃまされた気がして、頭にきた。

もうこのドライブも終わりかもしれない、そう勝手に思い込んでがっかりしていたけど、あいにく工事はほとんど河の外観を変えない程度で、いつのまにか終っていた。

ダンプカーは、とうとう最後まで私の視界をじゃましてた。
街へと続く直線を、急にスピードをあげていくそのダンプカーが、すごく憎ったらしく見えた。

この時だけはじゃましてほしくない、そんなこと、ほかの誰にも分かるもんじゃないけど、この気持ちも、誰にも分かってもらえない。
道路だってやっぱり、いろいろな人の事情と状況と気持ちが入り混じってて、それがどうしようもなく、しょうがないところなんだ。

今日も、三回左折して、来た道を引き返した。

そう言えば、なんか朝から雲行きがあやしかった。
母の虫のいどころが、あんまり良くないらしいんだ。

父親と一緒に買物に出かけて、四時頃ドアの音がしたから、帰ってきたなとは思ったけど、そのあとなんの声も聞こえてこなかった。

ただ二人が着替えたり、買ってきたものを片づける音がするだけだった。

しばらくすると、何か言い争う声が聞こえてきた。

やっぱり始まった。

いつものことだ。

父親は今働いていない。

母がパートに出ている。

そのことが原因でもあるんだけど、でも別に、私が小さな頃からずっとのことだ。

明らかに間違った結婚でも、どうしてもうなかったことにはできない人達もいる。

お互いが鼻についてどうしようもなくっても、ほかに一緒にいる人がいないから一緒にいるしかない。

何度はじきあってもまたくっつくしかなくて、でもくっついてもそこに安らぎはなくて、またはじきあって。
それをいつまでも続けようなんて思いはまったくないのに、それはほぼ永久に続くとしか考えられない。
だからと言って、それを終らせる勇気もない。

慢性的に、膿んだ家庭になる。

たいていの人は、愛かお金か、どっちかがそこそこあれば、それなりに生きていける。
でも、どっちもないのは悲惨だ。

…………

私が愛なんて言葉使うのも、なんか照れるけど。

よく考えると、私は今まであんまり人と対立したことがない。

たまに友達と小さな仲たがいをしても、うやむやに笑ってごまかしてしまう。

……………。

なんでだろう、人の感情に触れるのが恐いんだ。


その私が、なぜこんなにもユリさんを怒らせているんだろう。

自分が気づいてないだけで、私は実はすごい無神経なところがあるんだろうか。

それともユリさんという人が、私が気づいてないだけで実はすっごい変わった人なんだろうか。

この前、美奈ちゃんが机の横に来て、

「この書類って誰に渡せばいいの？」と聞いてきた。

書類を見てドキッとした。

それは係長かユリさんかどっちかがやっている仕事で、どっちかっていうのは、取引先に

恐縮ですが
切手を貼っ
てお出しく
ださい

112-0004

東京都文京区
後楽2－23－12
(株) 文芸社
ご愛読者カード係行

書　名			
お買上 書店名	都道府県　　市区郡　　書店		
ふりがな お名前		明治 大正 昭和　　年生　　歳	
ふりがな ご住所	□□□-□□□□	性別 男・女	
お電話 番　号	(ブックサービスの際、必要)	ご職業	

お買い求めの動機
1. 書店店頭で見て　2. 当社の目録を見て　3. 人にすすめられて
4. 新聞広告、雑誌記事、書評を見て(新聞、雑誌名　　　　　　)

上の質問に1. と答えられた方の直接的な動機
1. タイトルにひかれた　2. 著者　3. 目次　4. カバーデザイン　5. 帯　6. その他

ご講読新聞　　新聞	ご講読雑誌

文芸社の本をお買い求めいただきありがとうございます。
この愛読者カードは今後の小社出版の企画およびイベント等の資料として役立たせていただきます。

本書についてのご意見、ご感想をお聞かせ下さい。 ① 内容について
② カバー、タイトル、編集について
今後、出版する上でとりあげてほしいテーマを挙げて下さい。
最近読んでおもしろかった本をお聞かせ下さい。
お客様の研究成果やお考えを出版してみたいというお気持ちはありますか。 ある　　ない　　内容・テーマ（　　　　　　　）
「ある」場合、弊社の担当者から出版のご案内が必要ですか。 希望する　　希望しない

ご協力ありがとうございました。

〈ブックサービスのご案内〉

当社では、書籍の直接販売を料金着払いの宅急便サービスにて承っております。ご購入希望がございましたら下の欄に書名と冊数をお書きの上ご返送下さい。（送料１回380円）

ご注文書名	冊数	ご注文書名	冊数
	冊		冊
	冊		冊

よるんだ。

ちょっと前までいたはずの係長は、なぜか見当たらなかった。

「うんと、誰だろ……」

うろたえる私の横で、美奈ちゃんはのんきに笑顔だ。

そこへまたのんきにハンカチで手を拭きながら、係長がトイレから出てきた。

救われた私は、早速、

「これって係長に渡せばいいですか?」

「あ、これね……、うーんとこれは、ユリさんのほうだね」

そう言って、斜め前の席のユリさんにそれを手渡した。

「あ、はい」

ユリさんはそう言って表情一つ変えずそれを受け取り、またすぐに下を向いて仕事を始めた。

もうとっくに、美奈ちゃんはいなかった。


………。


でも、けっこう疲れるんだ。

正直言ってかなり参ってる。

狭いオフィスで、限界だよ。

気のせいかもしれないけど、ユリさんもユリさんで、最近なんか表情が変わってきた気がする。

不機嫌なきつい目つきじゃなくて、何か、疲れているように見える。

…………

電車は最近すいている。
もう高校生とかが夏休みに入ったせいだ。
あの高校生も、今頃バイト先で可愛い女の子を見つけて、どうやってちょっかい出そうか考えてるかもしれない。

もう、本当に夏なんだ。

珍しく営業の方に用事があって、内線をした。

なんだろう、つながってるはずなのに、ただ笑い声だけがする。

「………」

しばらくして、笑い声で、

「はい、営業部です」

たぶん今年入った子だと思う。

なんかムッときた。

たとえば、ベランダの底からウツボがいきなり顔を出してきたりして、なんでだろうと思ってる時にどこからか急に違う声が聞こえてきて、またこれはどうしたことだろうと思ってるうちに、ふいに正気になることがある。

テレビの中で、キャスターがニュースを読んでる。

でも今日のはちょっと参った。

朝の五時なんだから。

さすがに一瞬何が起こったか分からなくなる。

今日は海へ行くのだ、陽子ちゃん達と。

がんばって日本海まで日帰りで行くことにしたから、今から起きて行かなければならない。

陽子ちゃんちに着いてインターホンを鳴らすと、陽子ちゃんが出てきた。

びっくりした。

すごい形相だった。

どう見ても、単なる寝起きというのでもないようだった。


「あ、宵子、入って……」

眠そうな声で陽子ちゃんは言った。

中にはいると、茶の間に同じような顔をしたエッちゃんがいた。

どうやら昨日は陽子ちゃんちに泊まったらしかった。

別にそれ自体はさほど珍しいことじゃないんだけど、あまりにも二人の顔つきがすごいと思ったら、昨日の夜二人ともコンパに行ってたらしい。

どうりで。


「宵子、ごめんね、ちょっと待ってね」


そう言って二人は、けだるそうに化粧を始めた。

まあ、いつものことなので驚きもしないけど、向こうに着くのは何時だろう。


「でも、あの人、エッコの横にいた人、名前なんだっけ？」

「鈴木君？」

「うん、あの人絶対自分の顔に自信持ってるよね」

「ああ、そんな感じだね」

「そんなにたいした顔じゃないのにさぁ……」

化粧が終って、あとは着替えかなと思ってたら、二人ともその格好のままで外に出始めた。私がネマキだと思っていたそのTシャツとバミューダのまま、どうやら行くらしかった。

「でも、いい男ってなかなかいないよね」

「ねー、ちょっといいかなぁと思ったら、実は彼女がいるとかさぁ」

「あれには参ったよね」

「彼女いるのに来るなって感じだよねー」

「よく言うよ」

意外と道がすいてたのか、あるいは陽子ちゃんが涼しい顔をしながらも高速をぶっ飛ばしてたおかげか、思ったよりも早く着いた。

でも、さすがにビーチはもう人でいっぱいで、ゴザとゴザのわずかな間を見つけて、私達もなんとか敷物を敷いてパラソルを立てた。

水は澄んできれいだったけど、恐ろしく近深の海岸で、本当に五メートルも行けばもう足がつかなくなった。

そのため、自然と二〜三メートルの狭い波打ち際に人が集中し、浮き輪に乗せてもらってはしゃぐちびっこのすぐ横でカップルがイチャついてるという、なんか妙な光景にならざるを得なかった。

私たちも海に入って、浮き輪につかまってしばらく浮くことにした。

「最近奴とはどうなの？」

「ああ、橋本君？　まあ、相変わらずだけど……、なんか最近気になること聞いてさぁ」

「え、何？」

「人から聞いただけだからよく分かんないんだけど、なんかあの子、友達に借金してるみたいなんだよね」

「借金って？」

「いや、本当ちらっと聞いただけだからよく分かんないんだけど……。でも、そういえばお金にルーズだって噂も聞いたことある。…………。いや、違うんだよきっと……」

「もう、やめとけば？」

「………」

「そういうとこは、私が奴を変えてみせる」

「女ってそう言うんだよ」

「やっぱり？」

二人は浜にあがったけど、私はもう少しそのまま浮いていた。

あまり人がいないくらい深いところまで行った。

上を見ると空だった。

横を見ると海が続いていた。

たまに向きが変わると、向こうに人と砂浜が見えた。

陽の光は、確実に私の肌が吸収していた。

まず、反射はしていなかった。

たまに、ナンパしたそうな男の子がちょっと遠くまで寄ってきて、様子を伺っては、なんか違うぞ、と泳ぎ去った。

……………

砂浜に戻ってきてみると、陽子ちゃんとエッちゃんは、ビニールシートに横になって寝ていた。

私が戻ってきたのに気がついて、陽子ちゃんが目を開けた。

「あ、宵子」

そうひとこと言って、また目を閉じた。
私も濡れたからだのまま、陽子ちゃんの横に寝転がった。
体から流れ落ちた水が、シートの上で砂と混ざって、また体にまとわりつく。
パラソルが、明らかに私たちと違うところに影をつくってるけど、もういいや。
体はあっという間に乾いて、また陽射しが矢のように突き刺さるような気がする。
暑い。
バスタオルをとって、からだの上にかける。
いっそ、顔までかぶって目を閉じた。
タオルと目蓋を通しても、なお陽射しの明るさを感じる気がした。
人の声がだんだん遠くなっていく。
いつもと違う匂いの中で、意識が何かに吸い込まれていく。
少しずつ。

…………

目を開けると、陽子ちゃんの顔が私を見下ろしていた。

「宵子」

どうやら私は起こされたみたいだけど、陽射しの陰になった陽子ちゃんの顔からは水がしたたっていて、そして彼女はなぜか息を切らしていた。

エッちゃんの姿は見当たらなかった。

何が起こったのか分からないままきょとんとする私に、いっこうにかまうことなく、陽子ちゃんが言う。

「宵子、よかった、早くおいでよ」

いまいち状況を飲み込めないまま、私はそう言ってすぐに砂浜を小走りで去っていく陽子ちゃんの後に続いた。

いったい何がどうなってるんだろう。

さっきまで陽子ちゃんもエッちゃんも、私の横で同じように寝ていたはずなのに。

前を行く陽子ちゃんの手には、なぜかシュノーケルが握られていた。

どうやら、悪いことが起こったわけではないようだった。

しばらく歩いて、海水浴場のはしっこ近くまで来たところで、陽子ちゃんは海の中へ入っていった。

この湾の形をした海水浴場の、その陸の先端を目指しているらしい。

そしてその先端の近くに、エッちゃんが浮いていた。

私が寝てる間に二人は目を覚まし、もう一度泳ぎに行った。

陽子ちゃんが突然、

「あそこなら絶対魚がいる」

と、言い出した。

「遠いんじゃゃない?」と言うエッちゃんの言葉に耳も貸さず、陽子ちゃんは泳ぎ出した。

なぜかこの辺はあんまり深くなくて、底のほうまでうっすらと見えるくらいだった。


「ほらそこにいるよ」

陽子ちゃんは、黄色いビキニのおしりをプカプカさせて潜ったかと思うと、シュノーケルで面白くなった顔をあげて言った。


私がエッちゃんの浮き輪につかまったまま、水に顔を近づけて、分かんない顔をしてたら、そのシュノーケルを取って私に渡した。

そして、自分はまたおしりを浮かせて潜った。

陽子ちゃんから受け取った冷たいシュノーケルをつけて、水の中を見てみると、そこにはあんまりぱっとしない魚がたくさん、海草の陰を行ったり来たりしていた。

足を近づけると、すぐにどこかに逃げた。

シュノーケルを通して見ると、なんか同じ水の中にいるとは思えなかった。

そのまま顔を上げると、こっちを見てエッちゃんが微かに笑った。

「何かいいことないかな」


恐れていたことが起こった。

どうしても回ってきてはいけない書類が回ってきた。

この書類は、ユリさんが持ってる資料がないとできない。

……。

別に貸してもらえないだろうって言うんじゃない。
貸してくれると思う。

でもきっとかなり痛いんだ。
たぶんこわばった顔で聞いてて、最後に「はい」って、顔も見ずに渡してくれるんだと思う。

そういうの、かなり痛手だ。
特に、こういう疲れてる時とか。

……。

でも、書類は今日中だ。

……。

いつまでも考えててもしょうがない。

そしたら、
驚くことが起こったんだ。
ユリさんが、どうしてか笑ったんだ。

「あ、うん、いいよ。ちょっと待ってね……、はい」

え？

何……？

かなり度肝を抜かれた。

つられて思わず、

「あ、どうも、ありがとうございます」

と、必要以上に愛想よくお礼を言ってしまった。


どういうことなのか、さっぱり分からない。

今日の朝だって、死にそうな顔して目の前素通りしていったのに。

ただ、ユリさんの機嫌がその時から妙に良くなっちゃって、係長に話しかけて高い笑い声を上げるばかりか、その話を聞いてちょっと困ったように笑ってる、課長にまで冗談を言ってからかっている。

あげくのはてに、

「もう……、宵子ちゃんだけだよ、まじめに働いてるの」って。

「あ、いえ、はは……」

私もなんかうれしいような気分になっちゃって、この時を逃しちゃいけないと思って、がんばって笑顔つくった。

はは……。

ひととおり笑い終って、ふと顔を上げると、うつむきかげんにちらっとこっちを見た課長と目が合った。

今日は本屋に寄って帰った。

会社の近くにある、ちょっと大きい本屋だ。

洋書とかも結構そろってるので有名なんだけど、私はただ音楽誌をちょっと立ち読みしようと思ってきただけだ。

大学の時、教授が教えてくれた。

私は英文科だったから、そういう本をたくさん扱ってる本屋を、いろいろと。

あんまり興味はなかったけど。

そもそも英文科に入ったのだって、小さい頃ＬＬ教室に通ってて、人よりちょっと先に習い始めてたおかげでその後も成績がちょっと良かったからってだけのことなんだ。

ほかの学科じゃ受かんなかったんだ。

………。

じゃあ、自分はどうしたいんだろうって考える時もある。

確かに、ちょっと人より成績が良いからって、ただの子供っぽい憧れから英語を使う仕事がしたいなんて、考えた時もあった。

でも今は、会社辞めて留学とかしちゃう女の人を見ると、なんか悲しくなる。

日本人が英語で話してて、妙なゼスチャーしたり、話の節々に、〝you know,〟なんて入れたりするのも、見ててうんざりする。

……………

音楽誌の周りは、いつも立ち読みする人でいっぱいだ。

あの人達が載ってる記事がないか、ちょっと気になったんだ。

コンサートも、もうすぐだし。

明日エッちゃんと、陽子ちゃんのうちに泊まりに行くことになっている。エッちゃんの誕生日を祝って、どこかでご飯を食べて、そして次の日が日曜日だから陽子ちゃんちにみんなで泊まろうというんだ。

本当は今日がエッちゃんの誕生日なのだけど、今日、エッちゃんは会社の人の結婚式の二次会が入っている。


エッちゃんが花束を取りに行く係になったら、それを聞いた奴が、

「じゃあ、迎えに行ってやるよ」

と、いうことらしい。

上機嫌だ。


ほどよい程度に酔っぱらって、うとうとしてた時ケイタイがなった。

びっくりして起きて、あわてて出ると陽子ちゃんからだった。

「あ、宵子？　あのさぁ、突然で悪いんだけど、今から来れない？」

「え、今から？」

「うん、今さぁ、エツコが来てるんだけど……」


今から、陽子ちゃんちに行く。

時計を見ると九時半を回ったところだった。

その辺にあるものに着替えて、かばんに適当に何か詰め込んで、
茶の間の母親にひとことだけ、

「陽子ちゃんちに行ってくる」


「今から？」

「うん」

「泊まってくるの？」

「たぶん」

「そう……、気をつけなさいよ」

酔いはさめていた。

よくは分からないけど、エッちゃんが泣いているらしかった。

奴と何かあったらしい。

インターホンを鳴らすと、陽子ちゃんが出てきた。

陽子ちゃんちはおじさんとおばさんで小さな居酒屋をやっていて、二人はいつも夕方出かけて、明け方帰ってくる。

だから、陽子ちゃんは以前からわりと自由に夜も遊び回っていた。

弟も大学生になった今、あまり帰ってはこないらしい。

「宵子、ごめんね、遅くに……、あがって」

陽子ちゃんの部屋に入ると、エッちゃんがベッドの横でうずくまっている。

横にはたぶんエッちゃんが着ていたんだろう赤いワンピースが、そのまま脱ぎ捨ててある。

陽子ちゃんが片手に氷の入ったコップと、もう片方にジュースのペットボトルを持って、ドアをお尻で開けながら入ってきた。


「聞いてあげてよ、宵子、奴ったらひどいんだよ」

そしてコップにジュースをついで、私に渡しながら言った。


「エツコが今日奴に迎えに来てもらうって言ってたじゃんね」

「うん」

「なんかね、約束の時間になっても奴が来ないもんだから、ケイタイに電話したら、急に、行けなくなったから、誰か他の人に頼んでくれ、って言うんだって」

「うん」

「そんで、エツコが頭にきて『もういいよ』って言って電話切っちゃって、同僚の女の子に電話して、急きょ来てもらうことにして行ったんだって」

「うん……」

「そんで花を取りに行って、向こうに着いてしばらくしたら、奴が、会社の別の女の子と、わざとらしく時間をちょっとずらして、でも明らかに一緒に入ってきたんだって！」

ずっと動かなかったエッちゃんが、顔をハンドタオルに埋めたまま、また肩を大きく震わせ始めた。


「それはひどいよね」

「でしょ？　まず行けなくなったんなら、もっと早く自分から電話してこいっていうの」

「うん、そうだよ」

「それに、あいつ絶対エツコの気持ち気づいてるくせにさぁ、よくそんなことすると思わない？」

「うん、思う」

エッちゃんがまた声をたてて泣き始めた。

「そんで、その後、エッコの顔色伺うように話しかけてきたけど、もうエッコあったまきてて、ろくに返事もしなかったって」

で、二次会の終ったその足で陽子ちゃんのうちに逃げ込んで、陽子ちゃんのTシャツとトレパンに着替えて泣いていたのだった。

「もうエッコ、今日は寝ときなよ」

ふと上げたエッちゃんの顔が、真っ赤だった。

その夜、まだハンドタオルを握りしめているエッちゃんの鼻をすする音が、しばらくして小さな寝息に変わった。

その次の日も、一緒にいた。

みんなそれぞれすごい顔して起きて、ほとんどそのままファミレスでモーニングを食べて、その後あのスーパー銭湯に行った。

エッちゃんは、だいぶ元気になってた。

「もうやめるよ、あんなの」
「そうだよ、他にいい男いっぱいいるよ」
「そうだよね」

その後三人で鏡の前を占領して、一時間くらい化粧してから買い物に行った。
さんざん買い物して、イチゴのたくさんのったバースデーケーキを買って、陽子ちゃんのうちに戻った。

そうなんだ、誕生日だからっていう期待も、エッちゃんの中にあったらしいんだ。
それを見事に裏切られたもんだから……。

三人でケーキを食べちゃって、ゴロンとしてテレビを見てたら、ドアの外に足音が近づいてきて、陽子ちゃんのおばさんの声がした。

「陽子、入るよ」

そしてドアが開いた。

「あぁ、ごめんね、じゃまして……」

「いえ、すいません、おじゃましてます」

「いえいえ、ゆっくりしてって……。陽子、あんた今日チョビの散歩行ってないでしょ、水も替えてないし……」

「なんで、今日勇君の日じゃん」

「勇君なんて、昨日から見てないよ」

「なに、あいつ帰ってきてないの？　わかったよ、じゃあ行ってくる」

おばさんは今から出かけるとこらしかった。

「ごめんね、ゆっくりしてってね」

陽子ちゃんが犬の散歩に行ってくると言ったら、エッちゃんが、

「じゃぁ、私もそろそろ帰ろうかな……」

と言い出したので、私も帰ることにした。

エッちゃんを家まで送っていっても、家に着くとまだ七時だった。

エンジンを止めて、車を出ようとした。

家ではちょうど夕食の時間だ。

お腹は空いていなかった。

…………。

再びエンジンをかけ、ライトをつける。

あたりは陽もすっかり沈んで、ほとんど暗くなりかけていた。
エアコンも、いつものように全開にしなくても良かった。

すれ違っていく車の中に、まだ車幅灯しかつけていない車がいる。
もうそろそろ、全部つけたほうがいいんじゃないかな。

信号を曲がって踏切を越えると、辺りがいっきに暗くなった。
並んでる家の窓だけが、明るく浮かんで見える。
夜はさすがに違うテープをかける。あのテープよりは夜に似合うようなやつ。

…………。

夜にこの道に来ることも、前はたまにあったんだ。
たまにって言うか、何回か同じ勢いで飛び出してきたことがあるんだ。

ちょっといい感じに酔っぱらってて、
大丈夫だよ、行っちゃおうよ、行きたいよ、って。
パジャマをヨレヨレのジーンズとTシャツに着替えるだけで、その辺に転がってるカバンを手に家を飛び出す。

大丈夫、大丈夫、これでいいんだ。

視界はなんか、逃げる有名人をあわてて追いかけるカメラの映像みたい。
揺れて、ブレて、そして時々それに気がつく。

でも大丈夫。

こんなの、全然大丈夫なんだ。
ただ若い女が、珍しく一人で、山の中の道を行ったり来たりしてるだけ。
走り屋が出るような時間でもないし。

たぶん、酔ってる時の大丈夫は、誰にでも言える。

それでもさすがに、下がすぐ河の、大きなカーブをいくつか越えてると、だいぶ覚めてくるよね。

街灯なんて、一本もないんだ。

道なんて、見えないんだ。

運良く前に車がいたら、その後をついていける。

…………。

でも空は、うっすらと明るい。

ほんのりと白く輝いて、その明るさがほんの少し河にも反射して、輝いている。

ただ黒い山際に、空は終わって、
近くの木々は、黒い影を揺らしている。
その時、初めに思ったんだ。
この河の向こうに、神様がいるって。
私は神様に会いに行く。
こんな時間に、私一人だけど、
急がずに、でも止まらずに。
…………。
たとえば、そう考えてみるんだ。

前から、気がついてるんだ。
この空が明るいのは、この山一枚向こうがもう街だからだ。
そのせわしない光が届くほど、ここは街のすぐとなりなんだ。

…………。

あの緑のトンネルだって、本物じゃない。
人の車の助手席に乗って、この道を通ったとき分かった。

透けて、向こう岸に建ってる家が見えるんだ。

……。

街の光を見て、すぐに来た道を折り返す。
そこの歩道との境のコンクリートのブロックに、前ホイールをこすったことがある。

やっぱりちょっと、いつもとは違うんだ。

………。

どうしても、お酒が必要な夜がある。
缶ビールを一本飲んで、ちょっと違う世界に入りかけ、その世界でふらふらと楽しんで、
またもとの世界に………、

どうしても戻れない時があるんだ。

もっと遠く、もっと高いところまで行かなきゃならない、どうしても。
ビールはもう飲めないよ。
でも他に何もないんだ。
どうしよう。
早くしなきゃ、連れ戻される。
それはいや、どうしてもいや。

今日はあの世界を見るまでは、どうしても戻れない。

もとの自分に戻って、この世界を見るのはどうしてもいや！


またいやにはっきり見えるんだ。

そういう時、この世界が。


私は、それが何よりも恐い。

そんな恐い思いをするくらいなら、どんなことをしてもお酒を買いに行く。

台風の夜、ずぶ濡れになりながら、せっぱつまった顔でコンビニでお酒を買ってる人がもしいたら、きっと数少ない私の同類だ。


台風の夜。

そう、台風の夜にも一度、この道に来たことがある。

たぶんちょっと酔っぱらってた。

なぜそんな夜に、そこまでしてこの道に来なきゃならない気分になったのかよく覚えてないけど、とにかく雨もだいぶ弱まってきて、これなら行ける、と思ったんだ。

母にはやっぱり「出かけてくる」とだけいう。

けっこう心配症の母が、なぜこういう時は何も言わないのかよく分からない。


アパートの階段を降りると、近所のどこかのおばさんがゴミを出しに来たとこだった。

暗がりでもなんとなく見覚えのあるそのおばさんは、私をちょっと不思議そうな目で見て、また家に戻っていった。

小さい頃、はにかみながら挨拶していた近所の女の子は、今は別にどうってことないけど、よくわかんない時間に出かけていったりする……。

そんなもんかな。


雨はまた強さを増してきた。

たぶん、瞬間的なものだろう。

なんとか、ぼんやりと続く道に沿ってゆっくりと車を走らせる。

やっとのことで向こうの街に出る頃には、ようやく雨は小降りになって、またその道を引き返す頃にはほとんどやんでいた。

でも、その代わりというように辺りには霧がたち込め、視界が良くなったわけでもなかった。

ただその霧の白さが、夜の中に変な明るさを感じさせた。

一台の車ともすれ違わない。

ただ、信号は赤になる。

あの宿場の小さな信号に、一人で止まる。

ふと横をみると、対向車線越しに、いつもと似ても似つかないその河の姿があった。

霧の奥、宿のわずかな光に照らされて、おびただしいほどの泥色の水が音も少なく流れていく。

河原を覆いつくし、先を争うように岩を乗り越えて。
自分はいったい何をしてるんだろう。
その時、さすがに思った。

―――

チケットが届いた。

…………

私は楽しみなことは、結構焦らす癖がある。
一度封筒を手に取って、ちょっと光にかざしてみて、また置いて、別のことしたりしてみて……。

お風呂先に入ろうかな……。

でもやっぱり開けて、目をつぶったままチケットを取り出す。

思いきって目を開くと、
Cの10列目、45、46番。

いまいちよく分からない。

さっそく陽子ちゃんに電話したけど、留守電になっていた。
あんまり急ぐことでもなかったので、「また電話します」とだけ入れておいた。

ユリさんの機嫌は結構安定していて、ようやく私も落ち着いた気分になってきた。

やっぱりね、人とうまくいってないっていう環境に、すごくストレスを感じるタイプみたいなんだ。


「宵子ちゃん、この書類回ってきてる？」

「あ、はい、ありますよ」

「ちょっと見せてくれる？」

「はい、どうぞ……」


「あれ、これなんか違うよ」

「あ、ごめんなさい、こっちでした」

「宵子ちゃんらしいよね……」

「はは……」


その後、コンピュータに打ち込みをしていたら、係長が隣のコンピュータに来て座った。

そして多分まだ笑顔がちょっと残っていた私の顔をちらっと見て、何やらにやにやして言った。

「どうにか元に戻ったみたいだね」

「え?」

この人が、まさか気づいていた?

私がきょとんとしてると、係長はさらに、知ってるんだぞというような表情を浮かべて、

「宵子ちゃん、ずっと機嫌悪そうで、話しかけられなかったからね」

え?

「まぁ、とりあえず機嫌が戻ったみたいだから、良かったよ」

ちょっと待って、

それってまさか、機嫌が悪いと思われてたってのは、私のほうってこと!?

「はぁ……」

あまりに呆気にとられて、何も言えなかった。

周りの人にはそんなふうに映ってたのかな。

でも、そんな私が機嫌が悪いからって、ユリさんが私に話しかけられないなんてことがあるわけがないじゃない。

信じられない。

なんか納得いかない。

でも、否定するタイミングは完全に失っていた。

夜、また陽子ちゃんに電話した。

『ただいま電話に出ることが……』

今度は、「電話ください」に、してみた。

仕事が終わってから、会社の人と花火を見に行った。

夏になるとたくさんある花火大会だ。

経理の誰が言い始めたのか知らないけれど、そう言えば去年も連れ出された覚えがある。

経理の人みんながみんな行くわけでもないし、時々総務とか他の部署の人とかが交じってたりする。

よく分からない会合だ。

近くの河川敷に向かって、みんなでぞろぞろと歩く。

なぜか先に行って、場所取りをしてる人たちがいる。

いつのまに行ったんだろう。

大きなシートを広げて、コンビニの袋がいくつも用意してある。

紙コップにビールをつがれて飲んで、コンビニのお惣菜なんか食べて、たまにドンドンいってる花火を見上げる。

あんまり有名な大会じゃないから、そんなにすごい大きいのとかは打ち上げられない。

一〇分も見てたら、それさっきから見てるよ、って、そういう感じだ。

でも、酔っぱらいながら見るにはちょうどいいかな。

白い筋がシュルシュルって上がっていって、
ちょっとしてから一気に開くでしょ、
光が、私に向かってくるじゃない、

あ、宇宙から私にメッセージかなって思う。

「うそぉー、やだぁ……」

明日からお盆休みだからかな、みんな結構いっちゃってる。

花火なんかとっくに終わって、
辺りにあんまり人もいなくなって、
私達もやっとおひらきになった。

一課の課長が、シートをたたむふりして、よろけて女の先輩にぶつかってく。

「ちょっとぉ、やだぁ、ははは……」

ちょっと向こうのほうでは、たぶん大学生だと思われる団体がまだ絶好調に、

「チュンがチュン」

と言って、何やら踊っていた。

河原の道沿いに並んだ屋台も、もうほとんどが片づけ始めていた。

そのすぐ横を、上機嫌の騒がしい団体が通っていく。

ゴミを捨てなきゃ。

ゴミ箱を見つけたけど、もうゴミであふれて、自然にその周辺に置いておけばいいという雰囲気になっていた。

自分もその上に置こうとした瞬間、イカれた私の頭がバカなことを考えた。

ここは燃えるゴミのとこかな?

置きかけて、変に躊躇してる私を見て不思議に思ったのか、明らかに橋の下に住んでると思われるおじさんが、

「いいよ、そこにおいときな」って。

「はは、そうですよね」

私の行動も不思議だったかもしれないけど、あのおじさんも、なんか変だよね。

起きたら、一一時を過ぎていた。

頭が痛い。

昨日はそんなに飲むつもりじゃなかったのに。

父と母は、出かけていた。
たぶん買いものだろう。
御中元、あ、それはもう終わったか。じゃあ、なんだろう。

私も、買いものに行かなくちゃならない。
着るものが全然ないんだ。

でも、今日は無理だな。

…………。

お盆っていうのは、結構ひまなんだ。
うちは近くにあんまり親戚とかもいなくって、集まったりすることもない。
でも、友達にはやっぱりそういう用事があるから。

兄は今年も帰ってこないようだし。大学に入る時家を出てから、何回帰ってきたかな。

天気は良かった。

暑かった。


次の日、買いものに行った。

こんな日に百貨店なんかに行ったらすごい人だろうなと思ったけど、家にいてごろごろしすぎても疲れるし。

でも、なんかまだ体がだるいんだ。

頭もボーッとしてる。

すごい人だった。

ただ歩いてるだけなのに、人にぶつかる。

アスファルトから、熱気が込み上げてくる。

やっと百貨店の中に入り、ある店のなんかペランとした服を前にしたら、私はどうしていいか分からなくなった。

このひも、なんだろう。

その様子を見ていた店員が、すぐに近寄ってきて説明してくれた。

「このひもを、この辺で結ぶと、すごく可愛いんですよ」

「ええ」

私はそれ以上何も言えないで、その場を離れた。

「またお願いします」

私は何が欲しかったんだっけ？

他の店に行ってみても、よく分からなかった。

…………

どっかに座りたい。

でもフロアーのわずかなベンチには、二人で何やら言い合いながら一緒にバッグの中を探っている年配夫婦と、前に置いたベビーカーに手をかけて疲れた顔して座ってる父親が、動く様子もなかった。

仕方なく、喫茶店に入った。

コーヒーを注文して、一息ついた。

…………。

結局喫茶店を出たその足で、駅に向かった。

次の日は、どこへも行かなかった。


父と母が、昨日遠い親戚の所へ行ってきたらしくって、朝からその話をしている。

母のいとこにあたる人達だ。


「でも、芳江さんが、そんなにおじいちゃんをひどい扱いしてるとは思えないけどね」

「やっぱり、いろいろあるんだろ。あの土地に家を建てたのだって、結局はみんな賛成してたわけじゃないみたいだし」

「ミエコさんからしたら、それが気に入らないんだろうね」

「ああ」

「おじいちゃんの年金だって……」

夜、お風呂にも入っちゃって、

さすがに退屈になってきた。

テレビ見てるのもなんか飽きたし、ベッドに寝転がってみても、一日中ごろごろしてて眠いわけがない。

かといって、何かをやろうという気力があるわけでもない。

…………。

茶の間で母が一人、テレビを見ながらうたた寝している。

父は今風呂らしい。

そっと近づいて、

「風邪ひくよ」

って、びしょ濡れのバスタオルを掛けてあげる。

母はうっすら目を開けて、

「んーっ……」

と、迷惑そうな顔ではらい退けて、また目を閉じる。

その横に座って新聞なんか開いてみる。

「ねえ、ブーちゃんの好きなモノマネやってるよ」

「んー……」

「ブーちゃん寝てばっかいたら太るよ」

「んー……」

二～三秒後には、もう寝息になった。

「……」

部屋に戻ってベッドに横たわる。

ケイタイの音で目が覚めた。

陽子ちゃんからだった。


「あ、宵子?」

「うん、久しぶり」

「あのさぁ、コンサートって来週の日曜日だよね?」

「うん、そうそう、チケット来たよ」

「ごめん、それがちょっと行けなくなっちゃった」

「ごめんね、誰か他に行ってくれる人いないかな、お金はちゃんと払うから」

…………。

それはないよ。

そんな今になって、まだこの辺の会場ならともかく、掛井まで一緒に行ってくれる人探すのなんて……。


いつもよりも、もっと憂うつな月曜日だった。

どうしようっていうより、もうどうにもならないよっていう気持ちのほうが強い。

美奈ちゃんに聞いてみる?

……。

美奈ちゃんとは会社でお昼とか一緒に食べてるけど、それ以外であんまり会ったりしたことがないんだ。

ユリさん?
まさかね。

…………。

さくらに……。
まあ、いいか。

…………。

一二時に家を出た。
一時半の新幹線に乗る。

新幹線を降りて駅を出ると、もう目的地を同じとする人達が、列になって、集団になって、バスを待っていた。メガホンを持った係の人が、点々と、いろんな所で何か叫んでいた。

この中に、どさくさに紛れて一人、暗い顔した女がいてもそう気にはとめられない。

バスは次々と絶え間なく、ファン達をコンサート会場に運んでいく。

バスの外の景色は、ちょっとずつ緑が増え、濃くなり、空は青くなる。

着いたのは三時過ぎだった。
いろんな施設の整った公園の中に、その会場がある。
公園の中に入って、
暑かった。

わずかな木陰を確保することができた人はラッキーだけど、でも、木陰に横たわって、ハンカチで顔を覆って、ピクリともしないその人達は、間違いなくもう二時間前から着いている。

もっと遠くまで木陰を探しに行く気力のない人達が、自然にその場にへたり込んで、列ができている。

たぶん、会場へと向かう列だ。

太陽は、絶好調だ。

私は死にそうだ。

その場に長くいる人ほど、人の目を気にしなくなってる。

四時半に会場に入れた。

会場は、普段は野球のグラウンドの所をいくつかに区切って客席にしてあった。

客席と言っても、ビルを建てる時の足場のような鉄板を何枚も並べて、その上に番号を書いた紙が張ってあるだけだ。


係の人が、またメガホンで順番に自分の席に着いてくれるよう促してるけど、もうすでに暑さにやられてる私達は、自然に木陰になってる周りの観客席のほうへ退避していく。

芝生の斜面に寝転んで、ちょっとでも熱を冷まそうとする。


…………


ふと、木陰を通りすぎる風が、ちょっとだけ涼しくなったような気がする。

空のはじっこが、ほんのりオレンジになってくる。

ちょっとずつ、人が移動し始める。

鉄板一枚に、五人が自分のお尻分のスペースを確保する。

公園の中で一カ所だけ、妙に人口密度が高いそのグランドの中、それぞれの話が飛びかう。

それはたぶん、今日もう既に交わされた会話、でも、嬉しそうな顔でもう一回。

最初の曲は何かな。

あの曲やるかな。

夏休みの宿題やった?

そして、辺りに妙な緊張が一瞬走ったかと思うと、
前の方から、女の人の甲高い叫び声が聞こえて、
ステージがぱっと明るく照らされた。

張り裂けそうな音と一緒に、
動いてるのが分かる、あれがあの人だ。

テープよりもちょっととがった音だけど、あの曲が、知ってるこの曲が、耳から頭に染み

込んでくる。


マイクを通してあの人の声は、空へと発散され、吸収されていく。

私達がもっと、吸収する。


私にだって、となりの女の子にだって、こんな目でステージを見つめる、いろんな事情がある。

この群集の中から、一人自分を選んで笑いかけてほしいと思う、いろんな言い訳がある。

私も良かったと思う。

来て良かったと思う。


空はもう真っ暗だけど、同じ空を見れた。


真っ暗になったそのステージを前にして、私たちは順番に退場するように整理されている。

順番が来て会場を出ても、公園の出口へと向かうその細い道は、人の頭でいっぱいで、あまり動こうとはしなかった。

やっとのことで公園を出ると、真っ暗な駐車場に、バスを待つとてつもない数の人の頭が、黒い大きな塊になって、波打っていた。

みんな先を争い、すごい勢いで到着したバスに近づいていく。

異様な光景だった。

きっと今日が地球の最後の日だと思ってるんだ。

そのバスじゃ、宇宙まで行けないよ。

その夜、あの高校生と会っていた。

男の子はやっぱり制服で、私たちは手をとりあって、なんかよく分からないダンスを踊っていた。

月曜日はやってくる。
私は、領収書のチェックなんかする。
これから、ちょっと忙しくなる。
……。
あんまり、考える気が起こらない。
帰りの電車の中で思い出した。
そうだ、あの晩夢を見た。

あのコンサートの夜、私は高校生と踊っていた。

なんであの晩に、そんな夢なんだろう……。

いまいち納得がいかない。

夜、ケイタイを見ると、陽子ちゃんからの着信があった。

……。

明日電話しよう。

母が別の部屋から、何か叫んでる。

「何？」

「クリーニング。一緒に出すのない？」

「ない」

朝にひきずられるように、会社に行く。

どんなに集中しようとしても、意識があちこちに逃げる。

私の頭が、考えるのを拒んでる。

「宵子ちゃん……」

「え？」

「ほら、ここんとこ……」

「あ、すいません……」

ユリさんは、微かに微笑んだ。

ああ、ダメだ、本当にこんなんじゃ。
ユリさんをまた怒らせちゃう。

とにかく、今週の土日はどこにも行かないで、家でちょっとゆっくりしてよう。

…………。

違うよ。

土曜日は、休みじゃないよ。

そうだよ、出勤の日だよ。

卓上カレンダーに赤で印がしてないのを見て、やっと思い出した。

信じられない。

あと四日も働かなきゃならない。

体が、よけい重くなった。


帰りの電車の中で、高校生かな、女の子が一人で座席を占領して寝入っていた。

腰から下はなんとか座ってるんだけど、上半身は完全に座席に横に投げ出されていた。

ピンクのワンピースから、真っ黒に日焼けした肌がむきだしだった。

半開きになった唇は青白く光り、ケイタイとカバンを握り締めた指には、水色のマニキュアが塗られていた。

立っている人から見ても、もう迷惑という次元ではなかった。

神様、

私とこの子では、どちらがクレイジーですか？

…………、

なんてね。

母は土曜日も休みだった。

私が出かける頃起きてきて、新聞を読み始めた。

なんとか、土曜日まで働いた。
今日が終われば、もういいんだ。
もう、日曜日になるだけだ。

…………

そしてその後、月曜日が来るだけだ。

…………。

私、
もう結構いろんなこと、どうでもいい気がしてる。

修学旅行にも行ったし、
一応大学まで行って、ホームステイもしてみたし、

社会人になって、おいしいものも食べた、
コンパにだって行った、
恋人同士らしいことだって、ちょっとはした、

楽しかった。

…………。

結婚なんてするのも悪くないかもしれない。
かもしれないけど、きっとそう良くもない。

結局……。

ワインを買って帰る。
足りるくらい。

私の一週間を、リセットする。
させて。

頭がボーッとしてくる。
今日はあんまり楽しい模様は見えない。
あんまり調子良くないみたい。

でも、戻りたくないから、もっと飲む。
がんばって、飲む。

とにかく、よく分かんなくなる。

楽しいのか、つらいのか、
なんで飲んでるのか。

ケイタイの音が急になった。

誰だろう。

おぼつかない手つきで、あわててカバンからケイタイを取り出す。

陽子ちゃんだ。

「もしもし」

「あ、ううん、いいよ、もう」
「うん、じゃあまた今度ね」

本当に、もういいんだ、そんなことは。
それより、ちゃんと喋れてたかな、私。

ベッドに寝転ぶと、
すぐに眠気が襲ってくる。

うとうとしてたところに、
たどたどしい怒鳴り声。

父親の声に続いて、母親の甲高い声。

何だよ、今日も始まっちゃったのか。
こっちからは、どうにもできないんだ、そういう声。

今日は聞きたくないな。

本当に。

…………。

…………

ジーンズとTシャツに着替えて、家を出る。
転がってるカバンをひっつかんで。
ドアを閉めた瞬間、怒鳴り声がやんだ。
まっすぐは歩いてないかもしれない。
でもいいんだ、大丈夫だから。
全然大丈夫なんだ。
本当だよ。

もうこういうことは、全部おしまい。
全てに、さよなら。

街の光もきれいかもしれないけど、あの河はもっときれいだよ。

カセットを入れて、
私は左折する。
車の数は半分になり、またその半分になっていく。
家の明かりは、やっぱり明るくて、
私の進んでいく道は、黒く包まれている。
そして辺りはただ静かになり、
信号を、一人で止まる。

信号が変われば、また走り出す。

道路脇に増え始めた木々は、わずかな灯に黒い影を投げかけている。

もうすぐ河が見えてくる。

その河の先には神様がいる。

私は神様に会いに行く。

何をどうしたいって訳じゃないんだ。
何をどうしたらいいのかなんて、分からない。

いつかピアノの先生になりたいとか、そういうのとは違うんだよ。

別に、私のこの人生が不幸だなんて、そんなこと言うほど厚かましくない。
そんなこと言ったら、いろんな人に怒られちゃうし、それはずるいことだって分かってる。

ただ、
私達の想像力がへんぴだなと思えるような、そんなことをまだ期待していることを、許してもらえるなら。

この道を行く。

アクセル、ハンドル、ブレーキ。

うねりをいくつも越えて、
ライトに微かに照らされる、二本の線に揺られて。
急がずに、でも止まらずに。

空は、いつもより少しだけ明るい色を帯びて、
河は、その空に照らされて、微かに輝きながら流れてくる。
山はただ黒い波をうち、神様の所まで続いていく。

でも、本当は気づいてる。

この二本の曲線が、一本になることは決してないし、
山の際は、ただ曖昧に、街に吸収されていくだけだ。

このうねりを越えてしばらく行くと、
あのトンネルだ。

そのトンネルをぬけると、もうリバーサイドに着いてしまう。

だから、
その最後のうねりを、私はもう曲がらない。
曲がらずに、まっすぐ、私だけが知ってる道へ、
私は行くんだ。
今なら行けるだろう。
分け入っても、分け入っても、なんの記号も解読されないで済む、
そういう世界へ。
私はちっちゃなことをいつも恐がってるけど、
恐くなんかない。
私は行ける、

行かなきゃならないんだ。

何かがしたいんです、

って、神様に……。

このままハンドルを回さないで、

近づいてくるガードレールに向かって、

アクセルを、

踏む！

…………

確か、
そんな感じだった、あの時は。
バカだなあ、と自分でも思う。
いろんな衝動を、持て余してたんだ。

でもね、
あの時は、本当にそうしちゃいたかったんだ。
一度くらい、このしみったれた狂気のままにしてあげたい、って。
たとえ次の日、破れたガードレールの下、河の深みにひっくり返ってぺしゃんこになった車と、その中の一つの溺死体になってるだけでも。

そうしたいって……。

………。

ただね、最後の瞬間、

やっぱりアクセル踏むの、やめちゃったんだよ。

そしてその後、すごい衝撃と、

続いてまったくの静けさ。

いきなり、揺れることも、動くこともなくなったフロントガラス越しの視界には、

下に、黒くただ静かに流れていく河。

心臓だけ、すごいドキドキしてた。

頭は、突然普通の思考回路をたどるようになり、私はハァハァいいながら、ギアをリバー

スに入れ替え、いつのまにか踏んでたブレーキから足を放す。

車はゆっくりと後ろに下がり、同時にシャリシャリ、と破片が下に落ちる音。

片方だけついてるライトの先に、大きくへこんだガードレールが映し出された。

事故したことなかったから、分かんなかった。

いいのかな、このまま行っちゃって。

そして片方のライトだけで、ものすごくゆっくりちゃんと向こうの街まで行って、またただ戻ってきた。

途中、何台かとすれ違ったかな。

……………

その後、ただひきずられるように生活して、
一回も、なんか書こうなんて余裕はなかった。

今はもう、
戻り始めてる。

…………………。

でも、もういいんだ。
もともと、書くのが習慣ってわけじゃない。
目的は、きっと達成してる。

私の、いい夏だった。

神様か……。

きっと来年だって、こんなことやってるのかもしれない。
そしてたぶんこれからもずっと、こんな感じなんだろうな。
曲線の間をゆらゆら、ゆらゆらして、そしてやっぱり時々はみだしちゃおうかなんて考えながら、
どこに行けるか分からないまま、
それでもとりあえず、行くしかないからね。

曲線に揺られて

2000年10月1日　初版第1刷発行

著　者　清水かおる
発行者　瓜谷綱延
発行所　株式会社文芸社
〒112-0004 東京都文京区後楽2－23－12
電話03-3814-1177（代表）
03-3814-2455（営業）
振替00190-8-728265

印刷所　株式会社平河工業社

乱丁・落丁本はお取り替えします。
ISBN4-8355-0799-1 C0095